天星诗库

桩号 73

Seventy-three

李鲁平 著

山西出版传媒集团 北岳文艺出版社

·太原·

图书在版编目（CIP）数据

桩号 73 / 李鲁平著 . —太原：北岳文艺出版社，2021.9

（天星诗库）

ISBN 978-7-5378-6452-7

Ⅰ . ①桩… Ⅱ . ①李… Ⅲ . ①诗集－中国－当代
Ⅳ . ① I227

中国版本图书馆 CIP 数据核字（2021）第 174763 号

桩号 73

李鲁平 / 著

//	出版发行：山西出版传媒集团·北岳文艺出版社
	地址：山西省太原市并州南路 57 号　邮编：030012
出品人	电话：0351-5628696（发行部）　0351-5628688（总编室）
郭文礼	传真：0351-5628680
	经销商：新华书店
责任编辑	印刷装订：山西新华印业有限公司
王朝军	
	开　本：787mm×1092mm　1/32
书籍设计	字　数：134 千字
张永文	印　张：5.75
	版　次：2021 年 9 月第 1 版
印装监制	印　次：2021 年 9 月山西第 1 次印刷
郭　勇	书　号：ISBN 978-7-5378-6452-7
	定　价：38.00 元

本书版权为本社独家所有，未经本社同意不得转载、摘编或复制

自 序

荆江是长江的一段,从湖北枝城①到湖南城陵矶,长约360公里。枝城便是李白说的"渡远荆门外"的"荆门"所在,长江从这里开始摆脱三峡两岸高大石壁的束缚,进入开阔的平原。

在我看来,枝城下游不远处的百里洲才是荆江的真正起点,因为长江从这里开始有了大堤。百里洲曾经是长江出三峡之后第一个冲积沙洲,也是长江内河最大的沙洲。长江在百里洲分为两支,南支俗称南河,北支是主航道,也就是大多数人眼中的长江。在我记忆中,冬天枯水季节,可以徒步穿过南河走到松滋老城,而不需要渡船;汛期则需要坐两道船,因为南河中间还有沙洲。南河进入松滋之后又分为几个支流,然后穿过公安县流向洞庭湖。这些支流经过的土地正是今天的涴市②扩大分洪区,这个分洪区是荆江防洪体系的一部分。

百里洲方圆一百多里,也是一个分洪区。人们今天所说的百里洲,准确地说叫上百里洲,某年某月某日,长江将百里洲冲开,分成两

---

① 即枝城镇,湖北省宜昌市宜都市下辖镇。
② 即涴市镇,湖北省荆州市松滋市下辖镇。

部分，下百里洲与长江以北的陆地连成了一体。今天百里洲上的大堤编号写的依然是上百里洲桩号多少。下百里洲的大堤编号在沮漳河与长江交汇处的鸭子口才能看到。

我离开百里洲之前的生活范围，大致以百里洲为中心，向南穿过南河到老城，向北过长江到县城以及沧茫溪附近的丘陵地带，沮漳河则是上大学后才知道。沧茫溪和沮漳河都来自荆山山系，不同的是沧茫溪的入江口对着百里洲的头，沮漳河的入江口对着百里洲的尾。在沧茫溪边上有我的姨妈、大舅、小舅，有十几个表姐表妹表哥表弟。四十多年前，我与十几个表姐妹表兄弟走遍了这条河下游的每一段。沧茫溪又叫玛瑙河，清澈的溪水、溪水边的稻田、五光十色的玛瑙石、长江边的淘金船、南河边的古老小城，都是我童年、少年的荆江世界的一部分。

20世纪80年代末，因为职业的关系，我有机会系统了解南河和沮漳河以下的荆江，但真正认识荆江是从2017年开始。穿越沮漳河湿地，从荆江大堤的起点一直到三江口的狮子山、杨林山，从松西河、松东河、虎渡河、荆江分洪区到城陵矶，码头、矶头、穴口、围垸、故道、庙宇、水闸，以及荆江边遗弃的村庄、民居，它们都成为我当下世界的一部分。在天鹅洲，追赶鱼群的江豚一直冲到我的脚下，初秋的阳光在它们光滑的脊背上闪光；凌晨四点的河王庙，渔民头上的矿灯鬼火一样忽明忽暗；洪湖深处的金湾，细如柳枝的堤脚下，巨浪像大树一样直立起来；沧茫溪伤痕累累的河床上躺着鲜艳的玛瑙。

老江河背后，为修复百年的老祠堂开过四次会仍未统一意见的邹姓家族；报恩寺为佛像的金装担忧的杨师傅；牛蹄河边对每一个参观者诉说把米醋做大做强的老李；东荆河下游密林深处，细雨中告诉我子女在全国分布方位的婆婆；丁家洲的沙滩上，不断劝我吃花生的农民；寻找古树的乡村医生；黑瓦屋故道老年公寓的上海知青；狮子山下喝醉后坐在马路上发呆，拒绝我护送的下岗工人……几乎每一条河都与我似曾相识却又如此陌生，但每一次走近它们，我都获得了前所未有的快乐、真实、安稳。

我发现，我从未这样仔细地打量荆江的世界，也从未如此惶恐，部分原因是这些河流已经不是我看见或面对过的河流，我的语言也许冒犯或轻蔑过它们，好在不是所有的河流都记仇。但我深感幸运：此时此际，遭遇一条又一条河流，它们一次次洗刷过去，又一次次打开未来的缺口。它们也一次次提醒我，人生原本就该如此。

这本诗集收入的作品是2017年以来我行走荆江的部分记录。桩号是长江大堤长度的标识，上百里洲的大堤标号是从0到73，我用桩号来命名部分作品。万里长江，险在荆江，水位是荆江最敏感的水文现象。沙市①观音矶的水位则决定整个荆江防洪体系的运用，33米是沙市进入枯水季节的标志性水位，而城陵矶的保证水位是34.55米，超过这个水位就意味着荆江防洪形势异常严峻。我用水位的变化来标记另外一部分作品。我想，这种做法虽然简单、单调，但比任何具体的标题都更加适合荆江世界。从某种意义来说，荆江世界就是依赖桩号和水位获得解释的世界。

---

① 沙市：即沙市区，湖北省荆州市中心城区。

目录

辑一 | 桩号

003　桩号 73+001
004　桩号 73+002
005　桩号 73+003
006　桩号 73+004
007　桩号 73+005
008　桩号 73+006
009　桩号 73+007
011　桩号 73+008
013　桩号 73+009
015　桩号 73+010
016　桩号 73+011
018　桩号 73+012
019　桩号 73+013
021　桩号 73+014
022　桩号 73+015
024　桩号 73+016
025　桩号 73+017
026　桩号 73+018
028　桩号 73+019
030　桩号 73+020
032　桩号 73+021

033	桩号73+022
034	桩号73+023
035	桩号73+024
036	桩号73+025
037	桩号73+026
038	桩号73+027
039	桩号73+028
040	桩号73+029
042	桩号73+030
043	桩号73+031
045	桩号73+032
046	桩号73+033
047	桩号73+034
048	桩号73+035
049	桩号73+036
050	桩号73+037
051	桩号73+038
052	桩号73+039
053	桩号73+040
054	桩号73+041
055	桩号73+042
056	桩号73+043
058	桩号73+044
059	桩号73+045
060	桩号73+046
061	桩号73+047
062	桩号73+048
063	桩号73+049

064	桩号 73+050
065	桩号 73+051
066	桩号 73+052
067	桩号 73+053
068	桩号 73+054
069	桩号 73+055
070	桩号 73+056
071	桩号 73+057
072	桩号 73+058
073	桩号 73+059
074	桩号 73+060
075	桩号 73+061
076	桩号 73+062
077	桩号 73+063
078	桩号 73+064
079	桩号 73+065
080	桩号 73+066
081	桩号 73+067
082	桩号 73+068
084	桩号 73+069
085	桩号 73+070
087	桩号 73+071
088	桩号 73+072
089	桩号 73+073
090	桩号 73+074
091	桩号 73+075
093	桩号 73+076
094	桩号 73+077

095	桩号 73+078	
096	桩号 73+079	
097	桩号 73+080	
099	桩号 73+081	
100	桩号 73+082	
101	桩号 73+083	
103	桩号 73+084	
104	桩号 73+085	
105	桩号 73+086	
106	桩号 73+087	
108	桩号 73+088	
109	桩号 73+089	
110	桩号 73+090	
112	桩号 73+091	
114	桩号 73+092	
115	桩号 73+093	
116	桩号 73+094	
117	桩号 73+095	
119	桩号 73+096	
121	桩号 73+097	
123	桩号 73+098	
124	桩号 73+099	
125	桩号 73+100	
126	桩号 73+101	

辑二 | 水位

129	水位 31+0.1	

131	水位 31+0.2
132	水位 31+0.3
134	水位 31+0.4
136	水位 31+0.5
137	水位 31+0.6
139	水位 31+0.7
141	水位 31+0.8
143	水位 31+0.9
144	水位 32+0
145	水位 32+0.1
147	水位 32+0.2
148	水位 32+0.3
149	水位 32+0.4
151	水位 32+0.5
153	水位 32+0.6
154	水位 32+0.7
156	水位 32+0.8
157	水位 33+0
159	水位 33+0.1
161	水位 33+0.2
163	水位 33+0.3
165	水位 33+0.4
166	水位 33+0.5
168	水位 34+0

辑一 | 桩号

桩号 73+001

往后不会有比过去更糟糕的天
乾下坎上,利涉大川

从长江到汉江,从南河到电排闸
从决口潭到洞庭湖,水泽大寒瑞香
只有隼上天入地,刚健而不陷
需于沙,需于泥,需于血
隐隐的脚步如鼙声踏夜而来
一场大雪说着说着就没了
三千小梦说着说着,也没了

端详着两千多年前的天象预卜
我看见花信风无所畏惧
春兰清正,山矾如雪
天水需,终吉

桩号73+002

往北的路上,先后遇到三群人马
顶着白布。每一群的忧伤
都沾着腊鱼、腊肉、腊肠、野鸭的味道
如同客居梦泽的天鹅
每种悲伤都是过客,蹒跚在赶年的路上

接近团年的关口,总有许多人迫不及待
放下忙年不顾,放下恩情、牵扯与冤仇
赶在春节前断绝与此世的瓜葛
什么也不带,去另一个世界与另一群人团圆
他们身体力行,告诉我,每一次团年
就如最后一次看见天鹅

在如此接近阴阳之交的人间大道上
背着一条过年的大鱼,秉持父亲的习惯
在大寒敦厚的腊月,我不断修改赶年的路线
不断和正在告别的人遭遇

桩号73+003

布谷鸟叫的是"播种割谷"
它是队长,一遍又一遍下达出工的通知?
那棵百年重阳枝丫撕扯,"噼啪噼啪"
是庆祝的鞭炮?
它砸在平原上的声音是重重的"咚"
像一块石头落进了寡妇潭?
冲开大垸的洪水,"哗啦啦"地响
仿佛篾刀划破洞庭的斑竹?
平原的语法啊,都如自家的酱菜
一个坛子一个说法
布谷鸟叫的难道不是"我想哥哥"?
大树倒下不是像一阵枪声
然后,一发炮弹落下?
洪水的咆哮每年都不同
有一年它说的就是去你妈的
水去之后,平原果真一平如镜

桩号73+004

我们没日没夜往堤上挑土
把每家每户的门板卸下,在堤下堆满巨石
洪水在剧烈的扭曲、回荡中熄灭咆哮
甚至呜咽,我们成功地给水戴上了枷锁

水行天上,水也行在神经的缝隙
那时候我想,停开的高铁就要射出去了
互联网可以连到地球西端了
泡在水里的汽车都可以重新启动了
想了这么多,身边的荆江贤惠地躺着
像死了心的女人,没有反对

没有人知道决口的时间
大多数决口都发生在梦里
后来我只是看见,洪水走远后
决口留下的湖如一块伤疤
贴在一片甜蜜的瓜地上

桩号 73+005

透过酒杯和烟雾,我看见河流故道上
被捶碎睾丸的公羊安心吃草
一如念佛之人,毫无世俗的腥膻
现在,它们的血肉在三义春羊肉汤馆
烧响了旧年的愤怒,几个气势如虹的渔民
互相指责去年的失败,从股市、房地产到就业
互相说服新一年的机遇和希望所在
声嘶力竭的证明、批评,没有一句一清二白
恍如置身机场的谈话,在发动机空前的轰鸣中
充耳的全是声音,句子都被涡轮的扇叶打碎

去势的青羊,对每根新鲜的草已说不出爱
我也再无勇气赞美奔放,只能默默端起酒杯
祈祷一碗羊汤的壮气,支撑他们明年的春天
然后看见他们踉跄着裹走小饭馆的烟雾

桩号 73+006

沙河、举水两岸已无麦子和谷子
他们提着瓦刀,乘着洪水流出平原
刀并不锋利,钝滞如河底的沉铁
但刀是合金,每把都含有谦卑
在高傲的防盗门前懂得弯曲
甚至发出恳求的光芒
其实,那些刀耿直,无论在北方
还是南方的工地上
每一块砖、每一尺墙端正地立在心上

这些朴实的刀听得见孩子的眼泪
滴落在草丛,照得见老人的
清汤寡水和单薄的冬天
那时,很多沾满水泥和砂浆的刀
就劈出上学的路
也砌出故乡温暖的灶膛

桩号 73+007

西八千里路① 向西,大堤五分钟
拐一次弯,拐弯处必有一片芦苇
一个下堤的路口以及一块长满麦子的滩涂
刘红路、代家渡路、杨家庵路、葵兴路……
如渔网缠着沙洲,其中一根牵着亲人

去往故乡的是一条无名路
左边有沟渠,二十多年前流水
渠上有一座小桥,桥下有三个蛇洞
桥中间嵌一颗五角星
不过晚上看不见,只能看见父亲的烟头闪烁
右边不是稻田,二十年前
开梨花、柑橘花、油菜花,现在长杂草开野花
高大的柿子树,树冠从菜园横过小路
隔壁的木匠锯掉了越界的那一半
只有它断臂英雄一样,还高举着坝洲村
这么说,清楚了吧

---

① 西八千里路:长江中一个沙洲上的道路名称。

那些芦苇林一模一样，鸟还是找到了家
不必急，再晚，亲人都醒着

桩号73+008

凌晨三点的长江,夜航的水手见过没有
没有。凌晨三点,他在船舱里
梦见走近村口,妻子的羞涩从柳梢拂过
船底的浪把他向妻子推了一把
船长见过没有?没有。凌晨三点
他跟着探照灯寻找前方的航标
再过一小时换班,他将睡到早晨八点
并在卸货的码头见到桃花
听说她在南边一个服装厂打工
身材好,做销售,现在回来开店
如果他们都没见过,那会是谁
捡浪柴的哑巴六点到河边撒尿
放牛的歪嘴要等到牛掀翻牛栏才起床
老村主任吗?不是。他在城里享福
鱼贩子吗?也不是。凌晨三点没人买鱼

告诉你们,是我父亲。凌晨三点的屋子
白发闪光,整理好鱼竿鱼线

他要去十里外长江劈叉的隐秘水域
在那里,许多热情的生命在回流中集合
它们的活力从黑暗的水底溅射出水面
凌晨三点,他能辨别各种频率的声音
甚至最低的呜咽、抽泣
它们不停被宽广的江水淹没、卷走

桩号 73+009

二伯说，讲一个狼的故事你听
他就要抛弃我们了
这故事如同遗言反复强调，却无新意
像芦苇割了又长，每年都同样高，同样绿

说的是西陵峡到湖口，荆江最蜿蜒的河段
江水坐着宽阔的秋千，水蛇一样扭腰、摆尾
漫滩、心滩、边滩、洲滩把河分割得支离破碎
荆江像一个婚姻失败的男人，千头万绪都不是头脑
铺天芦苇下，只有白枕鹤、灰鹤、水鹨子、野鸭
以及二伯和他的渔船。这就是天堂啊
他边划边唱，鸿鹄将将，鸿鹄将将，鸿鹄将将……
而当天晚上，一只狼就闯进他的渔船
转年春天，他与狼在一条废弃的河道边再次相遇
这宿命就如卫星对人的追踪、影子对人的紧逼
他只有对着芦苇祈祷，飞舞的芦花
很快搅乱了他的措辞，消失在云梦泽
他们最后一次遭遇在东洞庭的上鱼咀

假如是海明威或者切·格瓦拉

一定用枪说，Te dispararé con un disparo①

如果是杰克·吉尔伯特，则会从火堆里抽出

松树枝猛劈过去，You get the hell out of here②

但他就是个打鱼的，只有提着渔网

跺着脚骂，日你先人，凭什么跟我过不去

狼的回答不是人话，而是低笑，一如阴风

扫过芦苇穗子，坚定，冷酷，迅疾

下一个腊月，他结束一年的漂泊

途经许多芦苇林夜宿，狼再也没有追上来

他又唱起了鸿鹄将将，鸿鹄将将

靠岸后却发现，双腿已无法站立起来

狼放弃了，他也即将倒下

幸好身边这棵芦苇扶住了他

---

① 意为：我一枪打死你。
② 意为：你给我滚出去。

桩号 73+010

西陵峡以下,南河七弯八拐
与沙洲的家家户户一一打过照面
一边嗅着人间烟火,一边赶路

压抑的尿液,跟不上流水的叹气
粗心掉在河边的抽泣,慌乱走失的白菜叶
听见广播的声音,一头牛扑进河里打滚
南河的嗅觉都一一记录在案
它闻得出我家灶膛的芦竹以及眼泪中的羡慕
那时我看着远处烟囱冒出的白气
烟囱旁边就是县城,县城有很多房子
房子里烧煤球,生炉子的姑娘都穿白裙子
南河仿佛一条嗅觉强大的河
水行百里,以气味指引河道

在三百里外的城市我的血管破裂
它一丝血腥都没闻到。它的嗅觉只在沙洲往东
一百里以内,连续居住沙洲二十年以上有效

桩号73+011

坝洲最气派的房子排灌站
七间一排的大房子
洁白的山墙像一张青衣的脸
每一阵风摇动南河水
墙面就荡然如新。而每一阵风
恰好就吹老了母亲的脸
从记住母亲开始,我就认识这面墙

上学经过排灌站,我一定要认墙上的字
农业学大寨,农业的出路在于机械化
少生孩子多种树……每天都读一遍
这面墙,就是一面挂在天空下的黑板
用最少的字告诉坝洲
南河与大海其实连在一起

现在写的是早睡早起,但早起的只有
河边闲逛的腊狗①、从地里钻出来的歪嘴

---

① 腊狗:给人起的绰号。歪嘴、癞子亦同。

以及从麻将桌上下来的癞子
其他的人仿佛胸怀南河大曲无法扶起
大海的波浪还在赶往坝洲的路上

桩号 73+012

母亲说，菜花黄了
遇见狗要蹲下来
那时，肥沃的沙洲还长不出疫苗
但春天的油菜花仿佛洪水袭来
狗的迷茫、兴奋或愤怒、仇恨
金光闪闪。我的胆怯
要穿过它们不可捉摸的目光才能长大
蹲下来，蹲下来，蹲下来
我总算在与地面平行的高度
与野狗达成了妥协

这些年在没有菜花的城市
我遇见过无数的狗，居然忘了蹲下来
我以为疫苗在握，以为狗只对孩子有兴趣
因此，还微笑着向它们伸出了手

桩号 73+013

如果不知道如何辨别黄鳝洞与蛇洞
不至于找不到媳妇。但即使有了媳妇
也可能像南河的黄鳝,说溜就溜了
留下一丝黏液,一生洗不掉

南河不长挂满刺球的苍耳、纠缠不清的葎草
像唱京剧的女人,南河一板三眼
水线上清一色白茅、狗牙根、马唐草
偶尔可见蓇葖的小红花
水线上下,有的洞口毛的、干的、直的
有的洞口光的、湿的、弯的
洞里都住圆滑之物,有的有毒,有的无毒
就如房子里住好人,也住坏蛋

不要相信蛇洞一定在水线以上,水消涨不定
不要相信有泡沫的洞口是黄鳝,有的黄鳝
不吐泡沫,仿佛沉默寡言的中年
更不要相信,被咬住无刺痛,就是黄鳝

反之就是蛇洞。如果恰巧遇上土公蛇呢
你会像木匠一样丢掉一根手指
他本来打算挖几斤黄鳝
求队长不派他的老婆去人工河工地
当然她最后就没有回来

城里人不需要知道如何辨别蛇洞与黄鳝洞
在你们看来黄鳝与蛇可能是兄弟
韭菜和麦子可能是姐妹
你们需要用尽心思，辨别不同的楼栋

桩号 73+014

她自河边返回,去九月的大垸摘棉花
你看见了,翻飞的手指,不是捉蝴蝶
她自河边返回,去稻场上跑旱船
你看见了,那彩色的小船其实是她挑着
但跟河里的小船一样颠簸、妖娆
她自河边返回,接亲的响器敲出来
吹出来的都是同一个囍字
你看出来了,她其实并不愿意
她们都自南河返回,你看见了
这土地上的青衣,都对着河画眉
她们无法叫河流风平浪静
却一直在眼睛上描着吉祥和如意
像南河或深或浅,弯曲不一

桩号 73+015

南河会教你,怎样做一个好水手
船过吼水滩,长篙拼命地插进河床
那不是爱,是为了活命

爱必须深吻,如沙洲的舌尖伸进荷花口
江水修长的手臂,水袖一样绕过洲头
只有梦里的青衣,像这样
揽住过水手的白发和不眠的烧酒
赫家洼鼓起的浪峰,没有水手不想爬过去
西八千里路① 往下
一只船就是臀部上匍匐的一条河鳗
打着转,走不出浑圆的弯水
过留莲尾,南河绞着两条长腿
踢一路芦花,白雪接天一直到荆江的码头
青衣从梦里把缆绳接住

自此以下再无春风吹绿的等待

---

① 见本书第 9 页注①。

只有流水。男人就该把生死
放在这样的河流上沉浮。不说也罢
如果不做个好水手,对不起这条河

桩号 73+016

五十多年，我只见过一次南河结冰
我们撒尿去融化河面的冰块
期待听到烧红的铁块，从水中冒出呲呲声
那声音像蛇发出的警告，每次听见
就明白冬天已经走远，而危险一直很近
就如牛背鹭，它们从未真正地远离过牛
期待的声音终究没有传来
一群年少的激情，打不开一条河的胸襟
打开深厚的冰封，需要爆破
但在马羊洲，临江寺的钟声
冰凌一样跌落河坡
南河的一条支流，静静地拍打着长江
如一只小手，弹拨与石头硬度相当的冬天
它像东风一样不断牵动越来越远的水
那些浪很细，也不兴奋
大河从冗长的噩梦中还未彻底清醒
但只有一条河能唤醒另一条河。

桩号 73+017

八渡河最早醒来的不是船夫
从花庄到蛮河口
两岸只剩一户人家
浅浅的河水够不着卵石的脸
只把无法过冬的小鱼放进
一团团薹草枯黄的心里
除了卵石、薹草,还有大片的乌鸦
它们在高挑的枫杨林来回穿梭
高亢、急切、杂乱地歌唱
似乎这是今生演出的最后一场
八渡河的八个渡口都不再需要船夫
这条河不会夜半三更踏响荆山
更不会凌晨突然汹涌
最早醒来的是一根炊烟和一把锄头
他没有最后之说
只要炊烟照常升起

桩号 73+018

船来了,柳树顶上那只鸟收敛起机警
放下随时另择良枝的冲动,尾羽、覆羽
包裹住脚,坐在柳树最高的枝头
南河的尽头,一栋栋钢铁巨物
穿越夏天、秋天和冬天开始返航
它们运出去的种子已经开花
卸下的汽车装满歌声在路上狂奔
溅起的灰尘追着惊弓之鸟
这一切,柳树上的鸟并不知道
柳树的芽苞顶它的脚,船浪都上了岸
它仍朝着船来的方向,期待船后还有船
还有别的走在路上
比如一阵风,可以让羽毛振作的风
比如一盏灯,让一颗芽沐浴光辉的灯
或者,一个烟头,以其忽明忽暗的闪烁
为春风指引航道
鸟无他念,它顶冠的羽毛一丝不动
河水无声无息把它的等待送走

南河要告诉下游的很多树
有一只鸟一直坐在上游的一棵柳树上

桩号 73+019

苍茫溪从玉泉寺出发
一百二十里水路到长江一百二十里的斑斓
一直照耀到溪水汇入长江的新河口
从这里开始，河流不再有颜色
从这里开始，水手的梦只有阴险的漩涡
没有玛瑙多情的细浪
我看见许多人依然匍匐在两岸的杂草里
他们把每块石头当玛瑙，洗净，敲打
然后车轮卷起的黄泥
以及翻飞的绝望，消失在左岸大堤
眼看新河口两岸的桃花将要招来春水
在一棵废弃的树坑边，我再次遇到了的玛瑙
树根记住了它坚强的耐心，四十年前它守在这里
即使河已面目全非，它还一脸过去的神情和姿态
就如码头上等待水手的女人。它多彩的内心
深浅不一的色泽，描绘着每一场爱恨情仇
曲折的血管，指引着从火热到冷酷的路径
玛瑙的伤痛并非虚构

不可磨灭的印迹，都来自激情的反复烧灼

不要轻易去打磨一颗玛瑙

除非你像水手，把命交给水

桩号73+020

一条河行走了一百九十公里没有落差
就如一个人从未有过从睡梦中突然坐起
不喜不悲,无惊无险
这样的河最好一开始就叫通顺

通顺河没有峡谷、峭壁、瀑布
它奇迹般穿过一百九十公里平原腹地
投入长江。两岸三棒鼓杀人、花鼓戏动天
但它心平如田。一百九十公里的
稻子、鱼虾、油菜、棉花都在它的流程内
上百条干渠和汊河转弯抹角,见风转舵
最终仍然被它裹挟,一同赴命
在湘口、红垸、东城垸
它挽回多个野心勃勃的支脉
它们如平原的青年,时刻想逃出江汉
在沙湖它用闸门,把五个汊流锁起来
逼它们走上了正道
但它波澜不惊,连一朵浪花都不开

这条河唯一的落差
是上百斤的鳡鱼掀起的巨浪
波浪一次次耸起,一次次息鼓
河水的拘谨在激烈的起伏中决堤

桩号 73+021

整个夜里我都在咳嗽
每咳嗽一下就听见河面一阵骚动
不是咳嗽落入了河里
不是鲤鱼在交配
不是春水打开了南河的胸襟
是发自肺腑的气流，推动河水翻身
这个季节，不同的河段
都有咳嗽掀起最近的河水
细微，柔弱，却响亮
它们羞涩的渴望抵达漆黑的河心之前
就已心平气和，等待另一声咳嗽传来
等待再一次骚动
以证明黑夜中有河，河边有人
人还有肺腑之气，即便是寒气

桩号73+022

还真有千山,如泼墨一挥而就
三月绝尘而去
那么大的风,都背负仁慈
那么多的人,都怀揣善念
我从河面看见
风沙滚过三月,向四月、五月赶去
坐在三月的风里
就如坐在船头,万水有起有伏
每一朵浪,都不怀好意
每一步就如你走的旱路
千山上下,高低有情
与你不同,我一生走的都是水路

桩号 73+023

河流的内心,其实都是迷惘的
它们滚滚的脚步
有时会突然在一个个沙洲前徘徊
也可能与一群又一群的芦苇纠缠不清
它们看似往未来而去
却就在回头的路上
我无数次面对航拍的荆江
看见它在平原上不停地痉挛,扭曲
向前几十里,往后倒流几十里
无数次它的前脚几乎踏进了家门
像走失多年的姐妹或者浪子
亲人的头上芦花飞扬
将它的脸遮住
它赶在亲人睡着之前,无视前途
再一次返回

桩号 73+024

我见过横不讲理的大河
见过世事洞明的细流
有的河粗犷,裹一身泥沙
有的河曼妙,沿途抖袖,云手
有的不走直路,有的从不拐弯
这么多河,有一条我只是坐过它的渡船
浪花从船头打开,直到外婆的目光西下
有一条我在它的脚边听过山歌
句句明白,却无从应答
有一条我拣过玛瑙
石头的心潮澎湃,历经亿年仍然滚烫
还有一条多年前我住过
那里的淘金棚,风沙吹出的都是
金子般的眼泪
如你所说,所有的河流,我都爱
但只有一条无法穿渡
只有一条看得见生死沉浮
不是心甘情愿,而是命本如此

桩号 73+025

假如不属水,你会设想堤顶到水面之间
河流的迎水坡上大片的狗牙根
车轴草、白三叶将一直铺到水边
孩子的童年与蒲公英一起落向沙滩
但是你看,秋水紧跟落叶枯萎
水线以上杂草之下,西陵峡口的荆门山
赭黄的岩石如一块块衣不遮体的胸膛
一条条、一片片黄色的水渍
从荆门山延伸到荆江大堤
一条河的腰千疮百孔
裸露在越来越冷的江风中
它们不是伤疤或者伤口
它们只是记录了一场洪水抵达的高度
只是在忧患了结之后才告诉你
什么叫迎水坡

桩号 73+026

很多人曾在这河里放歌
过万重山，下三千尺，千里一日还
那些壮歌野马般冲撞，余音浩荡，直到洞庭
那时的河义气，说出的话如巨浪砸船
那时的河有情，细水摇小梦
你我都不曾体会河流一生的挣扎
胸怀广水的平原，再汹涌的河
都难以从昨天奔腾到今天
它脚下每寸土地都是水
它的人生就是寻找一条干爽的路，爬出
沙洲以及沿阶草、婆婆纳、酸模镶边的村庄
最后以残喘的渴望，叩响荆江边的渔船
河的路都是水啊，兄弟
它就如行走在宣纸上的墨
还未写出夺命的一笔
就在半途烟消云散
那条河与我一样真实，但不再流畅

桩号73+027

我看见的清明都行走在平原
纵横交错的河边
疯长的抱茎蓼、水芹、芒麦草、石菖蒲
严密，繁复，纠缠
抹去每一个亲人的踪迹
前年的洪水冲走这块土地
下游的村庄读过上游乡亲的碑文
去年削平了前年的壅淤
祭祖人的焦虑来来回回丈量一马平川
他们在记忆中定位祖坟，或者低头打探
仿佛能够闻见亲人的气味
也有人，嘀咕半天后，在地里立一块石头
然后烧香，磕头，放鞭
他们相信，亲人就在河边
风吹浪起，祝福便到了亲人的家里

桩号 73+028

一个怀揣玛瑙的人
要在玛瑙的光彩上加盖印章
他的一条腿断在渴望命名的路上

玛瑙的原石丑陋、暗淡、无奇
一声不吭,从不要求为五彩的光芒定价
它们在坚硬的外壳深处汹涌,翻滚
夺目的光可以掩盖住黑

一个人怀揣玛瑙,便把光揣进了心里
即使夜色如墨,也可以远航
玛瑙的波纹并非波浪,无须哗啦作响

桩号 73+029

日行百里,一声鸡叫都听不见
不能叫河,只能叫独行的水
高高在上,不生细菌、不长草的水
也不叫河。它们不娶不嫁,宁可一生孤老
一条鱼也不抚养
流过人间的水才是河
沉水的虾子草、蓼萍草、狸藻
把苦涩的花举给母亲
挺水的芦苇、菖蒲、荷叶
安放一颗颗惊恐的心跳,这是河
牵挂从一个村庄流到另一个村庄
喜讯以及悲伤坐渡船从北到南
或从南到北,这是河
从上游顺流而下,兄弟在码头等你喝酒
这也是河
从人之间流过,从人心中流过的水
才会成为河。是河,就要流淌千里烟火
熏出的眼泪再流回河

就要从一个码头到另一个码头
渡人到应该之地

桩号73+030

四月了,水还是瘦

桃花落尽,春水不来

河道上到处是灰暗的沙洲

偶尔也有黑色的毛石

无须射线断层扫描

你也能为荆江开一张诊断说明书

对一条河的梗阻

有什么处方?爆破石滩,挖走沙洲

或者把梗塞的河流改道

伤筋动骨从未让一条河更加像河

四月只是把雨挂在嘴上

还是请五月带着暴雨来吧

请荆江狂饮一夜

千里豪情越过中年的淤积

扬长而去

桩号 73+031

沿江的人,走着水的轨迹,激进、平缓
曲折、打转,只要抱紧两条大堤
记住每一个桩号,一生都有迹可循
五十年外婆的村子换过四个名字
但在河左 40+180 下堤
还是能找到叫猫子嘴的村庄
中学的桩号是百里洲 0
堤上就能看见校园白果树上的铁钟
观音矶桩号 740+750
插入江中的石矶总要杀掉跳起来的浪头
三十五年前,几个兄弟在此走失
虾子沟桩号 413+250,这一带冬天崩岸
对面的簰洲湾偶尔夜梦中决口
二十年前我与洪水对视一周
人与江都胆战心惊
当然也记得你所在的桩号:江左 200+190
下堤第一个十字路口,直行五十米
春天的广场每晚唱《梨花颂》

江左江右记住桩号，就是记住生辰八字
抱紧河流的双腿，不会走丢

桩号 73+032

三庙河有浅水,有石墩排成的桥
从左岸跳过一块又一块巨石
你就抵达了旧街的春天
三庙河边没有庙
三个庙隐藏在春天深处
但寺庙的钟声沿河流来
赶集的帐篷等待祈福的人群下山
他们围着一件件过时的农具争论
锄头、斧头、锯子、镰刀,甚至钉耙
他们蹲在辣椒苗、山核桃或一篮鸡蛋前
问的却是儿女的婚事
他们在旧街见到了乡愁
三庙河看见了什么
北方的骆驼、南方的孔雀,与善男信女合影
它们跟着春天的脚步,列席一场场约会

桩号 73+033

从现在开始，每个早晨都会
用白纱把河流罩住。要等太阳
在村口的大柳树歇脚
才能看见浪花的面孔和微笑
从现在开始，你要信仰黄昏
河流最美的短暂
正如一个水手
到了老年你才能看清
他背上的泥土已变得金黄
而此时，他衰老的目光仍然记得
每一朵浪花过去的面孔和微笑
不分大小，不分高矮
它们都跟河岸的麦子一样新鲜

桩号 73+034

有时，一条刚出峡谷的河
会不断停顿
尽管它走在了一望无际的平原上
有的司机在公路上，也是如此
在显然空荡的世界不断踩刹
有人走在河滩的芦苇和牛筋草上
也是如此
每一个倒伏的身体都被当成了蛇
那条河流一定有难言之隐
头顶的峭壁，心里的乱流，脚底的暗礁
它还心有余悸

桩号 73+035

风高浪黑的晚上
浇一壶酒把一条河点燃
可以乘水雾飞回码头
船板上都是兄弟,码头上都是姐妹
即使如此,也不要轻易让船
在酒杯中摇晃。很多次我听说
思乡的酒瓶从船舷栽了下去
七天后他们的清醒才浮上江面
上岸的地点看似在下游
其实是西天。我知道
你们的三分之二已经泡在了水里
既然如此,剩下的夜晚
都应该归还码头

桩号 73+036

河水降低了高度,就不再纯洁
就翻滚爱恨情仇
祖辈不眠的遗憾,沉水
父辈弯曲的呼吸,挺水
听,一波一浪都是亲人
至于我们,就是堤坡的蚱蜢
永远不知道下一个惊吓
是一块卵石擦耳而过
还是一只牛蹄野蛮的践踏
每一次飞跃都迫不得已
每一次落脚都不是目的
但你看这河比所有的心都宽
那么多人行船,那么多人打鱼
那么多人从此岸到了彼岸
一只蚱蜢其实只需要一根草尖
如此简单

桩号 73+037

平原的开始,河流以船桨写行楷
每个字我都认识
爷爷驾船我驾船,父亲打鱼我打鱼
但我比他们幸运
我与河有过命的交情
我比他们走得远,下荆江有我的码头
我见过他们没有见过的鱼背
每一次我都想大醉
在它光滑的翻滚中跌落故乡
我的船隔着雾能分清炊烟
隔着河能看见亲人躺在堤坡
隔着黑夜能找到明天以及码头
平原的中段,河流以渔网写狂草
一个字也不认识,管它呢

桩号 73+038

两条浪在石矶下相遇
纠缠着朝下游的芦苇林滚去
我的目光想要分开它们
深夜里的排污口突然呕吐
泡沫瞪着白眼,翻遍病痛的阅历
我只有治牙疼的甲硝唑
挖沙船从汊河里潜行
把满天的星与沙一起偷走
我没抢回星星,也没夺回沙子
一个姑娘的惊恐从上游流向下游
问过每棵芦苇、每根浪柴以及
同样惊恐的白鹭,整条河上
找不到放两只脚的地方
浪尖一分一厘逼近镇水寺的咽喉
两只石狮对我怒目圆睁
可我什么也做不了
我只能吞下甲硝唑,不断灭火

桩号 73+039

洪水就要压断
大堤上最后一根牛筋草
然后是坟地、麦田、一个一个垸子
千里平原转眼就是滚滚的山河
你我都被水牵着,在急流上奔跑
不知道在哪个码头被放下
但天上人间都是涝
走到哪里不是走在水上
立命何处又不是异客
还是爬上最高的那棵柳树吧
双手举到树顶,心悬挂在喜鹊的巢下
与鸟一样,把岸和远方搭在树上
与鸟一样,把每根枯枝都当成栋梁

桩号 73+040

很多人听到了昨天的雷声

我没听见

昏睡中我的担心靠在七月的码头

把晚餐搁在水上与兄弟喝酒

他一次次提醒,大水月喝酒要节制

又一次次给我倒满

柔软的河水,像被子盖着平原

孩子们的梦也躺在水上

与竹床一样凉爽

大河上下只有蝉的不安挂在树上

只有杯子轻声跟码头说话

生怕惊醒河底的浊浪

再不会有雷雨了,兄弟又倒了一杯

我推辞着站起来,看见四月的窗外

有大雨路过的脚印

它一定朝七月走去了

桩号73+041

一条河流最大的痛苦
无非正要喷涌而出
却被从天而降的断喝拦住了
在三峡的最高处往下看
你对长江无法启齿的压抑
必定一目了然
此时,你也会想起更多的男人
与长江一样风华勃发
往往被横空出世的无常
砍掉了正茂的雄心
与长江一样,他们多么希望
一泻万里,一了,百了

桩号 73+042

一件高大的瓷瓶上，没画一条鱼
一朵花，甚至没有一个字
它纯白的瓶身不是空无一物
周围的人来人往，都行走在瓷瓶上
拥挤在纸一样薄的瓶壁
只是发不出一丝声响
就如河水只照见红喜字和白孝布
照不出悲歌、笑语
就如一个静寂、冰凉的世界
从地下来到了地上
它并非哑巴，轻叩瓶身
便敲开了村庄的一扇门一个船舱
每一个回答都似曾相识
有如祖先说话
他们的方言烧结在瓷釉的光泽里
釉上无彩无声，却有提醒
一个世界正对着你
你向它走去，它就向你走来

桩号 73+043

洪水离堤面只有几公分
甚至一公分,说话请蹑手蹑脚
声音兴风作浪,水就翻过了家乡
措辞请含蓄、婉转,头顶一河水
就顶着炸药,一根草太硬
也能捅出地动山摇
不要轻易说水,很容易被当作鄙视
不要轻易说洪水,洪水不就是水
波浪、波涛,还是水。
不要说洪水猛兽,河流懂得仇恨
与洪水并肩行走说话要切
让两个字去命名一个字
如一男一女共担后代
洪,户工切。水,式轨切
波,博禾切。涛,徒刀切
洪水说户工式轨,波涛说博禾徒刀
现在,你对河流说
博禾徒刀汹涌,户工式轨灭顶

看风平浪静，你的委婉
像水黾没有刺破水面的张力

桩号 73+044

今夜在河边听一首歌
好听却看不见唱歌的人
唱歌人肯定在船上
而船在雾里
她唱一条河和一条河的太阳
歌声隔着雾向明天流去
但水手没唱,水手都老了
水手也都哑了
他们的喉管里不是水,就是酒
有水有酒的四月
就这样结束了

桩号 73+045

我的记忆离河至少一百里
一百里之外我与河流互不相识
我在河里没有寄存任何东西
连一滴眼泪都没有

我必须去渡口,仅仅因为河斩断了
乡愁。而河面的破木箱、凤眼莲
旧书包、空药瓶……却如碎浪拍来
往事一一都靠了岸

靠岸的还有沙洲柚,很难判断
它落水的地点、时间,但我能看出
柔软的表皮下它的内心一触即溃
像一个意外溺水的中年
浮肿但一定撑着完整的外观

我记起了一些事,但没有把它们
浸泡河里,我不在河里存放任何东西

桩号 73+046

春天远去，谷得夜雨，你不庆祝
杜鹃从山顶开始淌血你不顾
你在云里喊山
我看见大山跟着起伏，转身，变脸
山山有腰，丘丘有岭
每一面都是新人
水手在梦中第一次
从头到尾不见水，只闻满山子规声
无论面朝平原还是背对大河
山毕竟断阻，河究竟流水
我们的白天一衣带水
我们的夜晚一山之隔

桩号 73+047

河流从七月开始下山
翻土,排沙,咆哮
到九月它会勒住缰绳
七月的河流就是平原上的响马
现在是秋天,也或许是春天
响马归于山林。现在
一片水的恬静贴着另一片水
一条背的光滑照着另一线光滑
但还是有兄弟从河底往上爬
在安宁的水面弹出气泡
平静的河流不再打家劫舍
它更像幽灵,无声无息
走近一个又一个亲人

桩号 73+048

我把河流写成了坏人,我该告诉你
如果它不能作为坏人,我还能写谁
我常常举笔不定
就如南河不知从哪里进入长江
蚯蚓憧憬的形象是龙
芦苇设想被写作蒹葭
蛤蟆叶希望叫它车前草
只有河不在意修饰,每个词都合身
弯的直的,清的浊的,阳的阴的
凶悍的温柔的,怎么写都是河
与我游玩,一同登台唱戏
他日替我洗妆的河
它自觉自愿,逆来顺受
偶尔翻几朵不满的浪花
两秒后便烟消云散
它时刻在场,一开口就流到眼前

桩号 73+049

一定有很多人从来
没在河边小坐一会儿,抽一支烟
或者沿河滩走上几公里
河对他们似是而非,就如银河
但他们都听到了子在川上曰
与河流没有任何交往,就懂了流淌
时间流淌,天地流淌,人间流淌
他们也到处传说
爱流淌,悲伤流淌,虚空流淌
我确信河流从未流淌过这些
它只搬运泥沙、麦子、病痛、尸体
在它不停的奔波中
川边的孔子向后越退越远

桩号 73+050

去看六月的水
六月的莲花含苞不放
荷叶沿途举着大伞
等采莲人踏着阴凉来
去看六月的水
初放的荷花就要张灯结彩
兄弟在水边摆好了酒菜
如办一场喜事
水菱的小白花插上六月的鬓发
菱角的刺还未坚硬
这样最好,清火,益脾,解酒
不扎虚弱的豪气
喝六月的酒,解五月的毒
还有什么比这更好

桩号 73+051

再过一百里我就停下来
下午六点的河运载的全是夕阳
我会把它们交给青黑的码头
等星星出来，等你来数
哪一颗是快乐奔跑的鱼背
哪一颗是航标船的灯
哪一颗是河坡石阶上的烟头
而你肯定看不见
有一颗是我缓缓游荡的孤独
它等黎明的露水上船
不给自己洗尘
也不给任何人接风

桩号 73+052

不是寸步漏雨,坝洲就有立锥之地
一块干爽的地方,搁下拳头大小的心
不是付家渡的矶石,船就不会倒扣
麦子圆满的晚年
不是一场洪水,四边涛声拍打的
就只是涛声,而不是叫喊
它本可以等船靠拢码头
本可以打开一扇洪峰,架一座桥
让一个水手倒在岸上
本可以让每一条大堤都挺直做人
让每一朵浪花都坐着佛
佛不沾水,朵朵浪花都坐着漂泊
行船不过是从白天的水到黑夜的水
从一条河到下一条河
处处都是水,也无非再渡几条河

桩号 73+053

相由心生。一颗发青的土豆
必有一颗坏透的心
一根卑躬的芦苇必有几节媚骨
一条河当然也有自己的面相
从蚂蚁渡到采穴口
这条河弯如月牙,像一把
躺在河滩上的镰刀
我沿刀背走到刀尖来回几十年
没有找到它的心,只见一条条水丝
拂过一个个寝食不安的夏季
其实那些水线都不是单纯的水
狂风鼓吹,一条波浪便舞翻一把刀
收割油菜、麦子、水芹
以及半道走失的亲人
河流遍地的南方,走哪条河不重要
重要的是看清一条河的长相

桩号 73+054

南河铺满大叶杨的花絮，一夜苍白
与人一样上了年纪
苜蓿从茂密的香附子里钻出来
举着发黑的果实，这朴实的安慰
有毛，但柔软
收割机把河滩的布谷声
运回家乡，我也回到了南河
向河流报到的还有垂直高悬的夏至
夏至起，太阳走在南回的路上
日短夜长，霹雳不断
水一天长一寸
很多梦一夜短一分
好在我并不担心，每个人的明媚
一天都短一线
苜蓿将降低胆固醇、血糖
香附子理气解郁，还抗菌镇痛
其他的夏至未至

桩号 73+055

风吹,水起或不起,河都会老
岸边的益母草涂着淡紫的唇膏
而河水已不似柔情
油菜丰收的惊喜横渡春天
而河面,无波,无浪
从夏天开始,一条河与我一样
坐听日夜。从大雾里走出来的早晨
脚踏铁锚扎穿骨肉的汗珠
树叶和信纸悄悄割裂水平的黑夜
刀纹绽放,打开一把胸怀冷风的扇子
从夏天开始,风,吹与不吹
心里都有扑通或咔嚓的声响
一种沉闷,一种尖且薄

桩号 73+056

一条河的睡眠沉到了河底
有无可能叫它笑一下
让轻轻荡漾的善意
把一块破船板和船板上的蚂蚁
送到岸边
或者叫它跳舞，溅起点滴的白花
或者叫它哭一声，表明它是水
而不是玻璃
想啥呢。一条沉睡的河就如死水
只有毫无征兆的山洪
或者大堤上突然滚下来的丧鼓
可以叫醒它

桩号 73+057

这一带的河两岸没有树
光滑的水泥护坡停不稳脚步
你希望柳树成荫
你喊啊
这一带也没有风
风仅仅为鹞子而鼓
装几袋麦子的小船还要乘风吗
要风扑面，喊没用，要唱
让长调溯流而上
爬上远处的山顶
喊一段，唱一程，直到
山穷水尽

桩号 73+058

从楚国的都城向东,向南
屈原走过的很多河流,我也走过
那些河不像屈原耿直
每股水都如云,如梦,老谋,深算
划龙舟的桨片一插就能感受到

同为楚国人,老子赞美的上善之水
早已枯竭,不说一条善水
即使一滴透明的水珠或一朵仁慈的浪花
如今也很难见到
打湿残梦的,淹没道路的
都是暗藏心机的浊水

端午其实是水的较量
穿行不同的水,龙舟有不同的速度
端午也把一颗颗白米包裹、捆扎起来
煮熟,扔到河里,告诉屈原
如今楚国河水的味道

桩号 73+059

从汉阳沟到水洪口的低地
有车辙,有颜色深浅不一的水线
有大雁往返的小道
但没有一条固定的河床
大水至此不分方向
却不约而同交流在平原
最谦卑的下腹部
好在北来的水都随遇而安
好在平原一望无际
一望无际的芦苇、荷花、稻田
都不内向,不拒人千里
好在平原上人少
这些人与水一样没有河床
好在水走到哪里
就把他们的家谱送到哪里

桩号 73+060

东荆河从黄家口到新滩口一百公里
河床平均宽三四公里，最宽七公里
沿堤脚到河槽，一路上是碑
与碑比肩的是芦竹
六月之后，十月之前
七公里宽的河床大水荡漾
白鹭看不到堤岸，站在稻田里啄食绝望
那些碑、碑下的人、碑旁的芦竹
都在水下，它们的头还在水面
七公里宽的水上，一个个字
颜色不改，形体不变
每个字都是姓名的第一个字
赵、钱、孙、李……百家姓都有
三字经里也有
而现在都站在水上

桩号 73+061

天地之间有大也
不信你看四湖,装得下楚国的水
天地之间有小也
不信你看新堤上的蚁孔,孩子手指
那么粗,里面有一滴尿
有一丝小调皮,正对着发飙的河
天地之间有悲也
不信你看西流河,一生的泪都发黑
只能往西,永无朝东的一日
天地之间有乐也
一只狗把一只鸡赶上了树
一条鱼把泵站出口的老王拖下了水
一个八十的太婆在河边密林里
吃瓜,告诉我她没有土鸡蛋
有就送给我

桩号 73+062

深夜一点，雷声中想起一个人
在深夜写信，在四十八页抄写本上指挥蚂蚁
为每只蚂蚁布置任务，调整方向
惊雷未在脸上划出一丝波浪
闪电照亮了几只灰雀的叫声
声音似来自荆江的郝穴口
又有狗叫了两下，听起来就是河边
小酒馆门前的豺狗
白色的菊花明天将把解毒的茶水
摆在码头的石阶旁
而此时我居然勃起了，羞愧
如雨点扑面，雨也扑向槐树叶
与远处卡车雄壮的呼啸一起
冲进了夏天
我特地看了看窗外的天地
初夏夜，一边黑一边响
蚂蚁悄无声息的钳子熠熠发光
而勃起的火苗早已熄灭
如闪电只灿烂了三秒

桩号73+063

不要盘算洪水到来的时间
就如生或死,该来的必定会来
但以河为家,也该知道
一旦洪峰耸立水上
一条河的两岸将分崩离析
作为敬业的清洁工,洪水将打扫
每一个围垸。堵或疏都已无关大局
死守与出走此起彼伏,起伏的
还有水葫芦葱绿整齐的队伍
它们将在新滩集合,装点光秃的河岸
我看见堤坝一寸一寸垮塌
就想起三十年前一个年轻的头
从河面一寸一寸矮下去
就想起去年,一个父亲准备
鱼死网破,而水早已灌满
雄壮的裤腿
一袋浸透水的麦子,哪有机会
想象过去的长势或未来的收成

桩号73+064

河水在梁滩上下几十里
不断改口。万历元年,它从夜汊堤
泻于平原的一片稻田,叫汊口
道光时,它在鄢家店附近
憋屈几十年,最终从梁滩左
向荆州西去,生路名泽口
光绪十四年,大水猛涨,汹涌难耐
隔着梁滩的上下两口
消掉支堤,如离异的夫妻向对方
敞开门,一起把水送到了汉阳
并改姓吴。它活了下来
在平原的大腿闪闪发光,鱼熟稻香
那些死不改口的河流,如夏水、扬水
它们滔滔不绝的生路早已成了
沪渝高速,流淌的车流比水快,比水重
却没有一丝涟漪,没有一滴水花

桩号 73+065

在我的眼中你们没有名字
穿过大平原的每条水都叫河
现在给你姓名、地址,你带着我
去每一个有兄弟的码头
他们和麻袋在一起,戴着裂缝的头盔
或者在码头,河水煮腊肉
月光从酒杯不断溅到夜晚以外
带着我去每一片有姑娘的芦苇林
她们在那里洗衣或者挖苜蓿
把她们的歌声送到汉口、支堤、围垸
泵站、节制闸、分洪区、哨棚、趸船
交给每个收信的人
然后,我请你们喝酒,先洒酒三杯
1937,1954,1998……每一场大洪水
敬一杯。所有河底的毛石,敬一杯
所有的大雾,也敬一杯
与每条河流喝一次酒
从此你流你的水,我不渡你的河

桩号 73+066

长江中游北岸,与汉水下游南岸之间
流程超过十里的河五百五十五条
都汇入了平原的四个膀胱
没有人说得出四湖的哪一滴水
来自哪里,就如此地的男人
在壮阔无比的泛洪区操桨
拨弄同样壮阔的水草
从未理清任何一团乱麻的头绪
他们心里有数,没有一滴水可以
在平原不朽,无论它来自
至深的岩洞,还是至长的支流
每一滴终将被荡出平原
在汹涌的滚动里磨灭
他们只记住新滩、水洪、沌口
看见三个入江口
就看见了每一滴水的葬身之处

桩号 73+067

眼里有水,耳边有水,头上有水
不等于命里有水
三峡大坝以下的江心沙洲上
往往需要一口压水井
不是北方的机井,那种深达百米的暗道
虽可以看见天空
却也频频陷人于无常
压水井的井口粗细如圆润的大腿
倒入引水,压把手
活塞上下抽动,水就流进了日夜
无须夸张的钻井机,在潮湿的春天
一锹下去冒水,就找对了井口
好的井一直有水,如果人到中年
还没听见汨汨的流淌
或者一次灾凶井口就不再渗水
像中风的病人,是或不,都说不出
一定是井下的土地已死

桩号 73+068

梦见父亲穿戴整齐步入水里
河水很快埋到他的脖子
酒精过敏的脸,如太阳浮在水面
他起伏的微笑含义浑浊
我看见冷汗从夏天的背后冒出来
梁漱溟不懂梁济,王高明不懂王国维
我未能领悟一个从上游飘来的暗示
如此涉水过河,四十多年前出现过
一个著名的乡村教师被拖出长江
每一颗紧绷的衣扣露着还未平静的恐惧
但河流从不接受穿着整齐的入水
更鄙视怀抱石头。入水最好脱掉上衣
和长裤,让河水一寸一寸抚摸到肩头
然后敞胸上岸,河水如豁出去的女人
瞬间滑落脚底
就像昨天一群又一群只穿短裤的人
从汉阳门下水,从三阳路上岸
他们的热爱横渡了长江

他们亲人的自豪拥挤在江边
一点也不担心

桩号 73+069

西陵峡以下，无大山挺立，无猿猴哀鸣
也不生长石头。每一块卵石
都来自大坝以上的峭壁、悬崖、高山
每一个夏天走远，它们就留了下来
坐看荆江两岸的防浪林、棉花、麦子
鱼虾往来熟路，滩涂脚踏实地
或者一点一点挪步，低调、稳重
如一群石俑，信仰坚硬
洪水百年一遇，也不怀疑终将水落石出
看见那条腰带了吗，从大坝往上
不断堆积的脂肪将一颗颗性格各异的头颅
掩埋在河流的胸部
如今，两岸走投无路的中年或者老年
即使以卵击石，也找不到一块像样的石头
更不用说怀石自沉
一条无卵无石的大河，就如清汤寡水
就只剩针尖大小的细沙
风一吹，钻进一双双厚道的眼睛
让它们泪流不止

桩号 73+070

天星垸,天星外垸,王小垸,三耳垸,四丰垸……
谁能相信一条河
几十年堆积了这么多旧恨、新愤
洪水每年一次削平河流的满腔不平
它清除的每一个围垸
都留下一扇水流残喘的生门,一段溃败的纪念
谁能相信,狮子垴到姚家湾三十丈的联民口①
一百年不说话,不费口舌
却把五个人发配到了沙漠,八个人关进了大牢
他们或擅自封口,或暗地里开口
堵与疏,都有可能误解了翻滚不定的玄机
三十丈的口子,今晚有人挑灯封堵
明天另一群人又将星夜赶来扒开
堵或扒的马灯下,人如鬼影举着铁锹
像一队默无声息的蚂蚁,举着细细的树枝
浪掀翻了他们,细树枝仍然举着

---

① 联民口:长江边一地名,口指江水进出之口。

而三十丈的口子一直不说话
它不知道河流的深浅
以及连河流都不知道的深浅

桩号 73+071

水在谢湾分手,但难见痕迹
东荆河与汉水告别的那个夜晚
四公里宽的河滩,豆荚炸裂,但无声
翻过谢湾闸堤脚的铁丝网
四公里的坑洼沟坎都是滚烫的旧恨
荸草至今仍然紧紧搂着地肤的头和腰
如一只热锅上寻找出路的蚂蚁
我在七月的河滩乱窜
想要看清汉水、东荆河、百里长渠
以及西荆河最早的裂痕
而谢湾到泽口到杨市,天之下
只有大豆临水,玉米立洲
一条水为什么离开汉江自立门户
必有它不能说的曲折
就如龙头拐从来不能直来直去
就如一个人突然与另一个人决裂
一条船与另一条船提锚分道
都有欲说而不能说的苦衷

桩号73+072

往事留在荆山以北

一条河跟随楚人走到了长江边

风吹草动的河滩

挂满茸毛烦乱的大豆

向左几十里，平原上凸起的土堆

埋着楚国亡灵的呼吸

墓下的春秋不在河水上荡漾

再向左几十里，楚都的高屋建瓴

也不在河水上倒影

这个河水注入长江的三角洲

名沮漳尾

它不动不摇，不兴风，不作浪

在一个大世界面前，像一面心碎的镜子

不完整，却安静地流进了江河交加

桩号 73+073

江左 K620 到大垸,三十公里大堤
挡住的不是河流
穿过流港闸以及二十里的芦苇、杨树林
才能看见一条细水
六十年前它阻挡的是几万双腿
每当他们想要拔出脚来
沼泽就死死抱紧,让他们放下割舍
直到心甘情愿,用一生把大垸的水挤干
如今大堤左侧一百四十六平方公里的平地
没有芦苇、沼泽、豺狼
只有稻谷、棉花、龙虾以及不再挣扎的老腿
三十公里的堤面已经硬化
仿佛一条鞭子抽打着几万人的白发
说到往事,大堤左侧的基督堂与右侧的禹王庙
示现的总是有所不同
一个抬头敬天,一个石像镇水
所幸都不再担心荆江泛滥
像一线眼泪,河流躲在二十里外闪光

桩号 73+074

我看见过一些绳子
都长毛了
当年它们粗壮
锁住过三江的风雨
它们的业绩
再深的港口,再长的河装不下
如今你看
太阳底下,还是冬天的太阳
它们也必须谦卑
让一个海员明白,凶狠的世界
也有一扯就断的时刻

桩号 73+075

螺山有另外一个名字。比螺大很多倍
也比螺快很多倍,叫狮子山
传说狮子奔跑到这里遭遇大地造山
它的绝望坐化为荆江终点的标识
两块竖立的峭石做了门牙
山顶的灌木杂草恰似一头愤怒的鬃毛
从沮漳河进入长江,你顺着下来
月明星稀,或者没有星星月亮的夜里
这个昂扬的头颅会掀起惊天巨浪
甚至颠覆你的行程、性命、流转
千里平畴万里芦花,算什么
只不过一碗淡淡的米酒,喝了忘了
狮子山是烧刀①,看一眼你就记住了荆江
自此以下的水路叫另外的名字
很多人也是刚刚抵达渡口
一路风尘就要圆满之际

---

① 烧刀:亦称"烧刀子",即烧酒。

大地分出了彼此、南北、东西
像这头狮子，坐等削平

桩号 73+076

兄弟,你看
城陵山下一座座浮吊
抓起来的都是江湖的烧烟
很多人并不认识芦苇
却说爱芦花
很多人没见过一条大河
与千里海湖擦肩而过
却说情宽无际
是吗?问问这条锁链
它的每一环都拷住过自由的水
而后,每一扣都是麻木和锈
如今躺在江湖干涸的晚年
连空虚都锁不住
兄弟,你看哪

桩号73+077

如你所见,长江向北抛出了五条丝带
碾子湾、黑瓦屋、沙滩子、上车湾、老江河
丝带上有红色的紫云英、微笑的江豚
以及惊恐的麋鹿
这些牛脖子上的曲木
躺在下荆江石首到监利的平原上
套着一个个没有耕牛的围垸
围垸里的很多房子连同门锁都已生锈
爬满窗子的蜘蛛网
照看着渔网、凳子、麻将桌以及凌波床
即使围垸里空无一人
他们依然用一个农业的词语
命名五个故道:牛轭湖
他们的想象无法走出稻田
就如江豚,始终无法逃出沙滩子
在一生之中奋力跳起来的很多瞬间
它们早已发现沙滩子故道其实并非丝带
倒更像一只手铐
即使空无一人,它依然闪亮

桩号 73+078

我走过南河的堤坡,放一把野火
在芦竹烧过的坟地
询问一块块石碑是否吃了年饭
就如过去我挨个向他们敬酒

我告诉幺爷,现在我要少吃或者不吃
他曾经有过担心,我会饿死
告诉二伯,池塘的鱼我们不吃
捕鱼回来他会悄悄放一条在我家门前
告诉大伯,现在的船可以畅行,甚至横行
有照穿大雾、礁石的雷达
他跑船一生,没能征服最后的暗流

我要看看几位兄弟。他们的石碑望着河流
我拍着石头,仿佛拍着他们的肩膀
你们看,河水真的往东流了
尽管它不分东南西北流过那么多年
尽管你们一直没能等到这一天

桩号73+079

我每走一天,更换一个名字
叫南河的时候,我见证过捡浪柴而葬身的
然后是沮漳、汉水、沔水、扬水
当我被叫作椆水的时候
死亡就像太阳照在我身上

为一条鲷子与沮漳的钉螺为伍
为一只麻雀在沔水炸断手臂……
算什么呢。弃生以殉物的过往虽悔难追
但现在,我躺在稀薄的空气中
沙数的无根萍扎根在透明的皮肤上
水芙蓉无边的地毯
盖住曾经翻滚、激荡、飞扬的起伏
这个季节假如我在高原
就是一块不能呼吸的枯石

头顶炭火,脚陷烂泥
一个世界只有狗尾草
还能偶尔摇动

桩号 73+080

无际的水在此徘徊不前
与我流转到此刻的人生一样
没有选择。对往东的平坦世界
只能隔着一个叫洪界的屏障想象
就如我,一直在无知中
想象看不见的未来

它的确挡住过水,甚至挡住过呐喊、颂歌
以及石头、飞箭、子弹。只隔
一座山脊,山的一边,是石碑上英烈的姓名
山的一边是匪寇的枯骨
他们其实可以互相看见对方的面貌
后来也可以互相看见对方的名字
现在,他们融入一条界线,并指给我们看

但没有人能分开水,山也不行
水浸透着一座山,也滋润着时间
并把善知识贯穿一草一木

这条分界的山，已经长满了茶
每一滴水，每一抔土，都能浮出秘香
心怀爱乐，一定可以闻见

桩号 73+081

电鱼的从高高的石堆之间钻出来
如一只从森林探出头的黑熊看着我
然后他把通电的电极插进河里
电流的呲呲声
从上游淌到下游,从春天到冬天

又一个背电瓶、穿防水衣的电鱼人
向我走来。南河的每一寸水
在电解中越来越瘦。这河里每根苦草
都贯穿电流。这河里什么都不生长
除了斑茅、苦草、香蒲、反枝苋

如毒蛇吐信,电极释放着死亡的声音
从一片水到另一片水
从一根草到另一根草
如同时间挥着利剑,刺入青春
再刺入中年、壮年
从昨天拔出来,又刺入今天
还要插进明天

桩号 73+082

她们都已不再说话,也不笑
就如我的母亲,对子女传来的消息从不表态
她知道,每一天都可能下雪

以往即使在雪天
我从她们身边轻风一样走过
她们都绽开波纹,从上游蔓延到下游
直到走进大海,心才平静
现在,她们也看不见宽阔的远方
一路上都是牛筋草、猪毛蒿、雀稗、钻叶紫菀
她们渴望的脚步已冰冷,凝固
但始终朝着抵达不了的方向

她们通天达地,跟人一样能感知死
她们在奔赴的半途就已死亡

桩号 73+083

十五条河流都看得见,汉水、襄河
涢水、汉北河、泵站河、南支河
北支河、庙五河、军垦河……
还有躲避人类,潜藏不露的义水、汉水
河照亮白天,水淹没夜晚
前脚是河,后脚是水

这些河流的每条鱼都如我故乡的昭君
我在汉水、襄河、泵站河见过它们
它们出水,就像神从云间显灵
纯洁,丰腴,夺目,比我见的人美丽一万倍
这些河流的水是毒药
每一寸比我感染的情深一千尺
每当荨草、地锦草绊倒我
扑向这些河的一瞬,我都克制不住
想要放弃此生

你的故乡也是我的故乡

不是你在这些河流之间摆渡
如此蛊惑人心的水，也就只是河

桩号73+084

穿过泵站河,趁大雪的阴沉和冷酷
还未堆满菜市场的案板,我赶到霍城
它紧挨菜市场,却似被生活抛弃的病人
喧闹、油烟、天伦,都与它无关

这地上的人都化作了湖泽的泥土
曾经的告密、欺骗、厮杀,也成了泥土
风把它们吹向大湖,做了鱼的玩具
那些罐、豆、盆盛不下任何生命
石斧、石铲、石奔耕种不了任何人的春天
它们脆如泥土

我不期望雪落在霍城
这块与坝洲鱼塘大小的高台
只能承受几只小鹧鸪的羽毛
像南河蚂蚁山渡口的木桥
只能渡过我的童年,而不是父亲
只能渡过儿子的童年,而不是我

桩号 73+085

他在高高的河岸,那里有一片菜地
白色的草帽以下,融进河岸黑色的土地
看不见他弯腰、挥锄,看不见他的脸和心
多像我的父亲,一只神秘的手
在幕布后面捏着他的草帽
让他一生不停地晃动

隆冬就要来了,河里的水越流越慢
越来越多的石头露出水面
不像我认得和熟悉的石头,形状锐利
表情坚硬,让我的惶恐无法立足
我站在凤眼蓝上,一头黄尾鲴翻身
银白色的腹部闪电一样,照亮阴郁的平原
它与我隔着沉重的河水

满眼暗淡的河岸,只有白色的草帽移动
脱下草帽,他的眼睛也是暗淡的
与我仰望的目光隔着缓慢的河水
就如我与父亲,就如我与明天

桩号 73+086

我一直看着雾,它们从童年升起
沿着南河和沙洲蔓延到城市
广告牌、霓虹灯、沃尔玛、火锅店、公汽站
都凭空灭迹
它们也是前尘,邪伪的作业召来的尘埃
苍茫万里,衮衮野马

大河粗壮的腿,搁在渡口的棚子下
城市高大的烟囱站在大河的背后,故乡
的青黑屋脊上,喜鹊等待工厂的汽笛拉响
它们与我一样无实际之地,仿佛失路之人
童年起,我就尝试奋力划开眼前的大雾
每一次挥舞,我都看不见自己的手臂
我一直担心,南河以及它的支流
在忽左忽右的惑乱中丧失天真之道

到了中年,我知道,只有河流
在白色的广罩中初心不改
竞注不流,最后都走向了大海

桩号73+087

河从北走来,向东流去
腐烂的凤眼蓝和死鱼在河岸堆积成丘
从闸口到河口车轴草覆盖的河岸
不留下任何脚印,仿佛虚无之地

只有鳊鱼、鲤鱼的拍打响彻河空
与我一样,它们吃麦子、黄豆、油菜
吃地沟油、化肥、重金属
它们就是生活在河流的人
与我不同,它们把冰冷当作河水的流转
它们从比水更冷的世界跳出
再砸入河里打开一朵一朵水花
如同庆祝节日,新生的小鱼
雨丝一样装点一河寒水
只有它们相信春天必然会来

谁说春天不会远了
厚重的车轴草洗净双脚的淤泥

我抬头所见

仍然是弥漫的大寒

桩号73+088

鼓手,万事俱备,鼓棒甩起来吧
敲出春天赶路的节奏,让一世界的耳朵
都喜气洋洋。路上,有的人往上走
有的人往下走。有的人在天上走
有的人在地下走。他们都走在春风里
都踩着你的鼓点

吊镲、踩镲、嗵鼓、军鼓、地鼓
你的手在跳舞,你也在跳舞
你尽情地敲吧。那些一生走得手忙脚乱的
现在踏准了节奏,仿佛止水,任水手拍打
那些满腔大志在土地上画画的
听到你的鼓点更踏不准节奏
通向黑暗的道路上,每个人都手忙脚乱

鼓手,你看哪,河在平稳的流淌中
突然掀起巨浪。你的鼓声仿佛春雷
鱼都已觉醒

桩号 73+089

不见钟鼓楼,烟火、舟楫、商贾被寒风肃杀
只有一马平川的稻茬,撑着鱼米的繁荣
我在刘家隔镇搜寻金鼓的余音
入耳的只有水声
汉水、义水、浠水、汊水、襄水、郧水、臼水
如一个个赶路的棉农,奔波在平原腹地
绕过甑山、伏龙山、姚公山、小别山、仙女山
乌龟山、神灵台,围坐在川流分会的金鼓
议论天气和水情、肝病和收成
这大泽之中到底敲响过四金六鼓
每一条河流都溅起过高大的浪花
他们站在寒冷的水里,捶胸,顿足,招手
泪流满面,目送一阵阵狂风远去
它也曾叫义川、汉川、汊川
每一条水都可以命名一个故乡
我也装着一条水,它回旋,冲撞四突,形如乱水
它命名的故乡叫乱川

桩号 73+090

今天日永。一年中最长的一个白天
在汈汊湖的月光中纳于广水
莲花在远处沉默，湖边的挺水植物依然发着绿光
它们是香蒲还是茭白，是禾本还是草本
我从来分不清

就如现在，仰望湖泽之上
我看不见星火，只能看见同样的星星
只能等到秋天，待它们枯萎，死亡中暴露本来
望于山川，我的困惑怀山襄陵，分不清鲷子
与餐子，分不清芦苇与蒲草、野鸭与黑水鸡……
无论站在南河、涵闸河，还是沉湖、天屿湖
我似乎永远都是第一次来到人间

有一种痛苦，是无法分辨你面对的世界
而对莲子我的感觉不同
它一直是白的，晒干后还是白的
没有哪种空气、水质或者土壤能把它改变

它心里饱含一丝苦涩的记忆

即使死了，成为粉末，也不磨灭

桩号 73+091

突然想到荷花热烈出水
四月、五月、六月、七月的每一天
荷花奋力向水面以上拔高自己
犹如白沙洲上的农民
终其一生要洗净泥土，钻进城市

在水面以上，他们响应每一丝风
饮下每一滴雨，向江湖上每一个目光传情
白的，红的，淡红的，艳红的
没有两朵莲花的颜色绝对一样
每一丝差别都是一场竞争，仇恨一样鲜明
过去船里装着酒和诗人，现在装着骚动
或者假装钟情的都市、富足、悠闲
他们牵着荷花的红裙，唱郎种荷花姐要莲
然后水鸟一样散去，留下你们
红衣脱尽，魂漂泊在水以上

这么多年，你们的欲望出水，作为背景

舞台、装扮,红的像爱,白的如藕
博取岸上来去无踪的目光
无人不知,你们是人间的妃子
无人不知,只有水以下的藕
大义不尽,命断丝连

桩号 73+092

都走吧，留下我一人和一条河
这些瓦砾和青黑的断砖
如残破的人生
只能做一条河不可缺少的装饰

对你们，这一河水只能远眺
它的光芒不能照到街道的尽头
都走吧，回到那些高楼之间的乱流中
那些每天奔波的道路
没有一条是天真之道，每扇窗口
飞出的歌声都不出自胸臆
餐桌上每种食物都不出自根本
我留在这里，看真风不坠，看苦海收波

黑夜已从闸口涌出，这条河的两岸
只剩下我，这就好。听，在横流、倒流里
鲤鱼尽情滚过石板，赤膀鸭的利剑分开黑暗
三草二木同沾滴水滋润
狂心顿歇，安流觉岸

桩号 73+093

女人驾船,毛线帽子只露出眼睛
男人来回在河上拖网,就如在岸上犁地
三艘铁壳驳船把凤眼蓝、树枝、杂草挡在船头
川泽纳污,但也庇护你们

你从水里跳出来,我看见你红色的尾巴
红色的腹部,可能还有一颗红色的心
你的眼睛机敏,但毫无表情。
仿佛两颗没有生命的玻璃珠,即使死亡
仍然明亮而透明。在腾空转身的一瞬
你瞥见了土坯房、水泥院、冰雪下的小麦
以及绵绵于野的青蒿

你没看见我,在齐天的阴霾中
你再次投身水下
仅仅一瞬你就看穿了水面以上的世界

桩号 73+094

有谁听见过坍塌的声音吗
不是在牛筋草茂盛的春天
不是在蚱蜢横飞的夏天
也不是秋水浩荡的秋天
而在洪水远去后的冬天

我沿着大河朝城市的方向走去
一艘艘高大的货轮在零星的雪花中
静静地穿梭,它们满载的心事封闭
在货柜里。每一寸河岸张着弯曲、深浅、宽广
不一的裂缝,仿佛一张张嘴扭曲、无声
但满怀深厚的痛楚。我走过之后
一声声闷响从后背穿透胸膛

我听见过坍塌的声音。大河上下,阴阳相错
一块块善良的土地连同土地上的柳树、苍耳
香蒲与平原决裂,坍塌在寒流中
它们一直没有停止说话

桩号 73+095

北支渠附近,一个方姓男人发现了
一块浮出水面的土地,从此他的姓氏落到了实处
今天,这里废弃的墙上还生活着一百年前
与他一同扎根的井边茜
这地方至今还叫方家

江汉梦泽,像方家这样命名村庄的到处都是
虾三线两侧的邢家台、龚家台、周家台、鄢家台
邵家咀、黄家咀、周家咀、邹家垸、徐家垸
但家湾、傅家湾……不论台、咀,还是垸、湾
第一个定居的,就是土地的名字
与狮子在领地留下气味不同
与牧民用花朵或植物命名草原不同
这些湖乡的兄弟,像沿河飞行的白鹭
亲吻水中生长的每一寸硬地
面对水,他们姓氏的每一笔是一根铁爪
船锚一样啮入土中

在湖乡，你必须占据一块高出水面的土地
否则你的麦子等不到灌浆
你的鸡、鸭、牛、羊、猪、狗
不可能听到秋天灰雁的叫声
你和你的后代便没有家乡

桩号 73+096

走在平原上,最受折磨的是什么
不是一条又一条不知去向的河流
南来北往,它们最终会抵达洪湖或汇入长江
不是高度,平原的最高处杨林山只有 76 米
站在 1998 年的大水上看,这个山头不过 40 米
平原上没有丛林。丁家洲红灯机场的树林
是我见过的平原最密实的林子
高大的杨树下,一层层的一枝黄花打夯一样
把一块平整的沙滩堆叠出齐人高的藤丘
让人看不见碉堡和射击孔
也不是白羊草、鸡屎藤、蒿,或者无处不有的构树

令平原最受折磨的其实是降龙草
它缠住牛蹄河的脚步,直到这条河死于沉湖
从泽口它就死死捆住东荆河,让它撒不出一泡流畅的尿
它长着苦瓜一样的叶子,却满身钩刺
砍不绝,灭不尽,铲不光,它与平原息息与共
千里的水千里的土,千里的锯齿和藤蔓

它也从不放过我,每当靠近一片平展的水面
一种火辣辣的烧灼便由腿而生
我知道,依水而生的平原人要摆脱降龙草
需要一把火,一把绵延千年的大火
从云梦泽的深处点燃,然后烧穿平原的根

桩号 73+097

一条河也有疑难杂症

医生赖晓平肯定有过如此的推理

长河两岸为什么古树众多

葎草、构树为什么毫无理智

朱元璋与陈友谅在长河边争吵过什么

刘伯温为什么喜看金黄的树叶

蜿蜒翻滚十八湾

长河的水啊，柘木的桥

八百岁的重阳树，心明如镜却闭口不谈

赖晓平的祖先在树上拴马、系船

也在树下猜测过它密实厚重的内心

设想赖氏后代如何三十年河东

又三十年河西，又三十年不知所往

如今，赖晓平定期给重阳树输液、杀虫

祝它寿比南山，永不痴呆

并在将来的某一天突然开口说话

袒露它记录的一切。届时

稻浪大作，啰啰咚①必定一声不响

---

① 啰啰咚：湖北省监利县流传的一种秧田号子。

桩号 73+098

每一颗柿子我都翻检了一遍
看起来都已成熟
它们柔软的心事即将沉睡
平原的喜鹊没有看见
它们落下来,鱼也没看见
我却看见了
你与柿子在秋天的夜里
忽隐忽现,告诉情投意合的窗口
缠绵的秋雨还要等上几天
在南河干死之前
在南河边的人还未忘记爱之前
在明早喜鹊把柿子吃完之前

桩号73+099

秋天来到龙镇观前的菩提树上
听宽慈讲述她师傅的故事
庙旁的稻田刚刚收割,秋南瓜就要成熟
多好的秋天啊,像门前的紫薇
树老花夺目。而说到庙前沟渠的水质
我们的对话如风中的香火不欢而散
这块平原地下三十米的水才可饮用

秋天也来到香水河的峭壁下
听姓陀的老人区分植物的荆
与楚国的荆
多好的秋天,柿子落满荆山
土茯苓已可入药,彼岸花刚刚绽开
但说到枯死的苞谷和留守的水车
我们不约而同都抬起了头
海拔一千米的山上,与三个月前一样
蓝天白云,而每一丝干裂的声音
却如细雨传来

桩号 73+100

小雪之时无雪,甚至无寒潮
这太正常了
惊蛰不打雷,谷雨不下雨,霜冻无霜
许多晴雨、冷暖,都在预测之外
就如一些船在灰烟中飞灭
一些声音在铁桶中下沉
河流已经习惯了如此这般的意外
哪一条河按照内心的地图走到了底
它们往往启程不久,或半途中
或者即将大功落成,便被截肢了
少数善始善终,也不得不蜿蜒九曲
极个别娇小或单纯的
被拐骗至深山密林
空守一间磨坊或纸坊
与大毛、狗蛋、石头、翠花、妮子一样
连家族的名字都未取上

桩号 73+101

天下的芦苇都来到了三江口
每年一次广大如海的集会
只是没有横穿千里的高音喇叭
几十公里长，几十公里宽
江湖之上尽是白发
它们静静地挨着，站着
等待大水的启发
可能水并不如约而来
明年春天它们仍会脱胎换骨
几十公里长，几十公里宽
仿佛无边无界的水田
它们还是静静地挨着，站着
那些好兄弟也不例外
或青壮，或苍老，或如矶，或如锚
但都迎着三江口，直挺挺
江湖之上，船横着，兄弟们站着
像一根根芦苇

辑二 | 水位

水位 31+0.1

从陈家尾往东,南河如一束头发散开
村庄与村庄之间,都横着河流
这里唯一光明的道路是无数的河堤
蜿蜒折叠,忽左忽右,向前向后
每一步都能陷人于魔道

冬天的堤面,如一层烤焦的薄饼
踩踏的脆响走村串户,我在被子里
倾听,猜他们从哪里来,向哪里去
神秘的脚步不可告人,沉重的脚步
肩负使命,坦荡的脚步没有害人
轻盈的脚步相信春天,饥饿的脚步
祈求明天。烂醉的脚步不多,摇晃
小小的满足。有时夹一两声咳嗽
堤下的麦田就跟着抽搐一两下

你独自一人,走在发白的堤面上
前面黑影立着,后面黑影跟随

你要站在一团荻花的旁边
它们深夜耀眼的光,照空幻妄
它们会歌唱,为你壮胆

水位 31+0.2

麦茬在两岸变黑,不再葆光
南河的大鱼藏进深水,连试探外界
是否安全的水泡也不冒
蚱蜢、蝉、青蛙都闭口不言
远处的野鸭小心翼翼地潜入水里
不惊动一丝波纹。白鹭在更远的草丛上
等待山河大地暗下来

只有几只喜鹊,在荻芦竹上异常兴奋
多么希望它们使用汉语
不过我也不想明白,它们到底在谈论
什么。只有呼吸声的寒冬
我已步入老年,不再指望
还有什么意外的欣喜

水位 31+0.3

秋水不来，鱼也不来
我与无人注目的芦竹守在野水边
直到黑夜从寒气里升起

我的背后，几个青年把空涂料桶
扔到河边的牛筋草上。刺鼻的气味
从乡村穿透到城市。一个开塔吊的青年
从工地跑来向我说明，塔吊如何把自己
举到都市的头顶。一个中年男人看着
我的鱼竿，说他故乡的河都好
然后骂人、撒尿，等这片水死亡后
他就可以回家

我的记忆长满了雀稗、狗尾草、筋骨草
甘草。从碎石、混凝土、碎砖瓦、废砂浆
塑料、竹木、废金属堆积的河滩上走过
我不断听见咯吱咯吱的响声
不是传自脚底，而是发自头皮

等风吹过树脂、石膏粉、渣土
我还是挨着芦竹坐了下来

水位 31+0.4

河水离河很远，如游丝飘在两公里外的
冬天。我一路查看河床的伤口
河床上堆满塑料、玻璃瓶、菜叶、砖块
跟肿瘤一样丑陋，令人绝望

多年前，父亲在这里淘金，
水银自由的光芒在沙粒中闪烁
现在，只有拖拉机高大的轮子
可以深入宽广的河滩
它们踉跄、扭曲的奔突，从未真正倒下
从这里挖出的沙子已浇铸成一根根大梁
堤脚的村庄，冲天的鞭炮
带着新房落成的喜讯在空中炸响

河水不淌，我要爬过一个个大坑
和一座座土丘，才能看见一丝水光
我梦想有什么溅起几朵浪花
一群喜鹊在寒潮中装作迎接春天

蓼子草紫粉的花悄悄把河床的伤口盖上
一河的黑夜，多么美好

水位 31+0.5

南河从蚂蚁渡劈头分流,绕柴码头、高家套
采穴、白马寺,在留莲尾捧出一颗娇嫩的梨

夏天排浪而至,南河举着浊黄的旗帜,波头
起伏,挥斥平原的是一只放不下屠刀的猛虎

枯水的一把刀从洲头下抹,寒光随沙线曲折
勾描出神龛上的鸟头。凤凰于飞,福禄攸归

南河无形,季节、地理,甚至有情都是形状
它如犁从我的心耕过,一条条奔湍着大志的
沟刻在命上,跌宕的却是猪、狗或牛的人生

水位 31+0.6

一百里的白线,在长江中画一个葫芦
它漂浮在水上,两千多年没有沉没
也没有流走他方
如同乡亲的前世、现世和来世
一直在沙洲上

以大堤为界,一百里以内是土地、棉花、麦子
和坟地。蚂蚁不爬过堤面,知了不飞过长江
牛只走到半坡。娶亲的,从大堤上扬长而过,火铳的
闷响,自堤上滚向沙洲中心;抬棺的,缓缓走下
江堤,在田里停留,等待孝子孝孙的脚步
城市、铁路、高速公路在一百里之外

一百里大堤就是一百里边界。他们的笑声走不出
一百里,忧伤走不出一百里。还有疾病,甚至极易
传染的性病,也走不出一百里。死在县城医院
灵魂一定要赶一次渡船,沿一百里大堤再走一遍

他们的梦走出过一百里,但大多水土不服
最后,从千里之外,被风浪一一送还

水位 31+0.7

秋天也有洪水。秦巴山地的秋雨
楚地平原上四处串通,我的祖先和乡亲
从未感受过春天的吉祥

十岁,洪水把逃难艺人、冲散的木排送到高台
东荆河挑牙虫的把我按在椅子上
二十岁尾随打三棒鼓的姐姐,从水洪口
过渡到东荆河右堤,向上,向西,向北
一路穿过芦苇和钉螺的天堂
挨家挨户唱一段对水的埋怨和记恨
挑牙虫的会说,打三棒鼓的好看
三十岁与一个画家在新滩口参加葬礼
洪水倒灌,卷走守瓜老人,西瓜都放在他的棺材里
四十岁在四湖一个少妇的花鼓戏里迷路
五十岁跟一个新堤诗人写诗,他的爱情从不靠岸

这条河还是过去的河,只是乡亲不再逃难
三棒鼓与挑牙虫不再流行,但它从未停止横冲直闯

我一次次加固堤防，甚至耗费半生修筑一座宝塔
但它仍然无法安定

水位 31+0.8

武陵山往东、往北的土地，归河流主宰
温水在仙人墩洗清一身硫黄
溇水贯山穿石，不见寸铁
在壶瓶山下迎来驮茶的马帮
黄水十六公里，无论雌、雄，看起来都贫血
茹水消失在大庸。道水把苦荬留在两河口
溇水在二百五十公里的峡谷上泼墨作画
官亭塔以下澹水入地无门
涔水走到涔阳，终于敞开了胸怀……

湘西往常德再往长江，到处是洒脱的河流
一夜之间，河看不见河，堤看不见堤
每渡一条河，河水就涨高几寸
先高过草尖、水稻，接着淹没棉花、杨树
最后是屋顶。没有流向、河道、河床
武陵山脉往东往北的世界
只有水

还有渡口，和渡船上的女孩
她站立船头，红色的裙子浊水上招展
在破产的世界，等待与天相接的地方
亮出一条黑线

水位 31+0.9

一只布谷的叫声,从南河的埠头掠过
母亲手中的棒槌砸在了石头上

布谷从未有过亲人、孩子和朋友
我从未看见它们结伴飞过沙洲的天空
叫声每一次间隔十秒
棉花、芦苇再到稻田,南漕工地、北漕的牛棚
集会的操场,十声之后飞出我的童年
它们的孤独母亲知晓,她一直等待布谷的礼物
十声之后,我听见了她的叹息

很难确定布谷叫声的准确方位
在南河边的码头、坝洲的顶上,还是八亩滩
它分明就在耳边,在梦断的黎明或黄昏的路口
我一生也找不到它,只听见它刺破露水而来

只有布谷的声音让我记住了过去
一只布谷,一个月亮
还有等待吉祥之音的母亲

水位 32+0

它出生于武陵山脉的一个溶洞
一百多条溪流追随它
挟裹着看不见的硫黄、砷,看得见的桐油和茶
穿过稻田、玉米地、葡萄园
向东横扫千里,但扫地并非它的理想

春天它从浅草漫过,在结婚照的背景上衬托出
蜿蜒、清澈的幸福。在一栋老房子脚下打转
将两河口老覃的玉米地浇透
八十二岁的老覃没有老婆,没儿女,没亲戚
他看着河边的玉米等死
他不知道河拐过山头,是否会到下游报丧
秋天它把一河的沙子洗亮,留下两岸发黑的稻茬
和一栋两百年不倒的木房子

而入夏之后它走投无路
它的使命就是把大地泛滥成河
直到冬天瘦出河的形状
等春天从武陵山上流下来

水位 32+0.1

过松西河,就是松东河。长寿河与白水河
只隔几里。从沙道观左转,两支烟工夫
抵达沙洲。这些河流都来自南河
这棵倒伏的大树,每根枝丫派生一条河
从南河开始,河流只按自己的心奔流
或者选择方向。在这里,地图是田边
一张擦过屁股的废纸

每一条河流都映照麦子,把麦子流向下游
如打豆腐摇出的豆浆,缓慢、沉重、芳香
从早到晚,久保田沿河岸收割孤独
所过之地,如橡皮在莎草纸上擦过,袒露出
一条条土地的底色。每一条河的岸都没有人
羊和牛主宰自己的生活,啃噬无边的空旷
我要横渡这些河,像蜘蛛,跨过那些枝丫
它们既不惊奇,也无戒备

每一条河边的人,与河流一样,不知去向
只留下房子和麦地,留下睡莲、菖蒲、芦苇

就如我的漂泊,留下亲人、钥匙和争吵
住在这条河边,一些人发了财,一些人破了产
一些人从村里去了省里,一些人
从省里去了监狱,一些人死去,一些人出生……
坐在这条河边,我装作忘记了一切
但每一条河流,都会流上心头,每一条河
都连着动脉或者静脉,不管有无硬化
都可以致命

水位 32+0.2

黄头鹭站在牛背上,从树枝的缝隙
窥见南河。它一直看着毫无表情的河水
期待深不可测的历史,从水里凸显端倪

河的两岸,生活过许多著名的武士或战士
他们的名字与村庄的名字一起,
被当作指示牌悬挂在道上方。他们燃起的
火把,龙一样盘旋着向山的深处
燃烧,直到山中最后一个角落,点上电灯
如同这季节的淫雨,几十年这大山唯一的
主题,是牺牲。无数的骨头化成灰烬之后
蜜蜂在杜鹃花铺就的祭台,嗅着真理的
蛛丝马迹,酝酿香甜的词语

汛期未到,南河走到龚家潭,消失
在一片杨树林,一同消失的还有
葬在大山里的血腥、灵魂

水位 32+0.3

玛瑙一直沉默,在沙洲的深处
与树、黑色的泥为伴,但从不交谈

直到挖掘机破开河岸,河流日夜不停地抽打
才露出指甲纹。只有把时间不放在眼里的
霸主,才有如此强悍的力量
在坚强的面颊上烙下指印,跟奴隶额头的
记号一样,死后才能消亡

无人看到它的内心,除非肉眼的光
超过金刚石,可以穿透 7.5 以上的硬度
才能看到一颗透明的心,它用鲜血作画
不知道这颗心到底经历了什么
它一直等待,灵魂可以光明正大

水位 32+0.4

瞎子从堤上走来,手里的竹竿敲着
干枯的堤面。他的眼睛看不见洪水
用耳朵倾听沙洲七月的惊魂

我听见他对母亲说,我应该往西南方走
找个比我大的女人。他嘴里流淌出来的
学问平实、易懂,就如地里挖出了
洋芋。洪水带来水鬼,大堤插上了防汛的
旗帜,寡言的父亲扛着沉默的麻袋
他的眼睛不断眨动,并非想看清这个夏天

他沐浴着江风,满腹天壤、地文,必然
也知道止水、流水、气机,以及会不会
分洪。一夜之间,沙洲会不会没顶。是否
有一天,长江把沙洲带到大海,我们以海
为生。他无所不知,让所有人放下担心

瞎子的竹竿敲着七月,沙洲如一面鼓皮

微微颤抖。他的背后,洪水把汹涌的不安
又不断送来

水位 32+0.5

两个船夫从坝洲拉纤,到小学后,顺流去
对岸的新河口。两面白帆下,只坐了我
和我的外婆。船身倾斜时,堤岸弯成弓弦
我的童年被射向无法返回的异乡

跟很多褂子一样,帆有很多补丁,仍可
兜住满河的风。两个驾船的都不会游泳或潜水
其中一个,年轻时跑船,从宜昌到汉口的码头
都收过他的酒钱
多年后,一个姑娘寻到坝洲喊他爹
那一天,风和,日丽,每个坐船的都成了他的亲戚
又一天,他去捞一根漂来的大树,大树带走了他
和女儿的念想。另一个喝酒后,站船上撒尿
栽进河里再没起来,坝洲唯一的渡船断了
一根帆樯

外婆有一双小脚,每次来,只为带给我
一份极细微的惊喜,两根油条、一包苕糖

几块云片糕。用烧纸包裹,每一样
都有麦芒的闪光。她从不说出包袱里的奖赏
两个船夫每年一次,渡来她的慈祥

坝洲已没有渡口,两个船夫、我的外婆
被另一艘渡船接走。关于他们,我还能说的
一句话是:无惧覆却万方

水位 32+0.6

不需要帽子,什么样的帽子都不需要
跟那个越国人一样,一夜醒来我已削发

世界已被打造得足够好,如姑射山的景色
繁花似锦,莺歌燕舞,五谷丰登。每个号码

对应一个人,一个车牌记录一条路,一个 IP
映射一台电脑,一个门牌号码一个家,一张桌子
一个牌位。如许由所说,下厨的下厨
祝酒的祝酒

只要还有树林,只要南方的河流还流向北
就足够好。我只要一根细小的树枝
以及六斤故乡的清水

水位 32+0.7

只有白鹭可以做到眸子不运
在牛背、石碓和草甸子上，它的眼睛
一动不动，三界六道与南河
一同轮流，它眸子不运

锄头的挥舞、连枷的拍打、胃的空转
声称头脑中有敌人的叫喊、天堂的呼唤
这些如河水，如河上的云和天
从它眼中流过，它眸子不运
远处，抓着心无法找到真相的困惑
暧昧灯光前徘徊的脚步，朝南河棉纺厂
进去又退出来的沮丧，从书中抬起头
不想看见明天的绝望，这些都如风
如寒潮和四十年前洪水中发抖的身影
从眼前闪过，它眸子不运

我一直在离它不远的河边，从未看清
它的眸子。我知道，它凭凝视就可以断定

归宿、幸福、未来。我一直像它一样
注视着从眼前流逝的人间
却断不了任何事物,甚至肯定不了你

水位 32+0.8

我看见风在河面上狂舞
溅起白色的灰尘,罩住返回的渡船
一艘驳船犹豫了一下,还是将它撞开
风把不幸刮进等待渡船的人家

我听见风撕扯房子,芦苇与芦苇间的
缝隙越来越大。它们把母亲的头发
掀到脑后,露出她不敢睁开的双眼
后来,风从头钻进人的心里
他们在铿锵的锣鼓中争辩,殴打,倒下
即使夜晚,风也不安息,载着声嘶力竭的
高呼,沿着河流划向缥缈的远方

即使在夜晚,伫立船头的鹭鸶
也能感觉风偷偷从河面袭来
它们吹翻过很多渔船,吹弯过很多人的腰
也将吹老很多人的青春和眉毛
而我还是不由自主走近南河
与河为邻,命不泡在水中,就裸在风中

水位 33+0

我用了十年才分辨出寒芒、芦苇、荻芦竹
水泡过的荻芦竹从清晨到太阳升起,煮不熟
一家人的温饱,乡村全是催人泪下的浓烟

最好的柴火是树枝,在沙洲最高的杨树上
我拆散一个喜鹊窝,把喜鹊收集的树枝打捆
把一条蛇抽出来,放回芦竹林。还有南河边
摆成波浪形状的浪柴,晒干后在灶膛发出
爆竹的炸响,为了听见这声音,我每天等山洪
暴发。即使什么都不能当柴,也不砍树

唯一见过的一次砍树是放学回来,父亲
和一群人把树抬上车去还债。我捡回遗弃的
树枝做饭。它们燃烧时的气泡,跟眼泪一样
南河不再有四处打柴的身影,棉秆、梨树枝
橘树枝都硬,衰老的乡亲斧小不胜柯
燃烧的秸秆,狼烟不息,报告乡村的溃败

作为南河边的一根芦竹,站着支撑不起一只麻雀的家,倒在沙洲的灶膛,燃烧不出火焰如烧透的火土,熏灼眼睛的烟都不生

水位 33+0.1

邮路的终点为什么恰好是塔市驿

两条街写出一个丁字,一座塔,八条船

从这里开始,人间之事由江水传达

马拴在归马亭,换船

一条往常德,赶在澧水到达小渡口之前

从河流交叉的芦苇林,进入涔河

一条往上荆江,沿七十三公里的围堤敲响大锣

让孩子都哭起来,老人都慌起来

一条往临江寺,龙洲垸的镇水铁兽

是否还在水面傲首挺胸

一条太平口,一条松滋口,一条调弦口

每一个口门连夜挖宽三十米

另两条船往下荆江,一条斜插丁家洲

叫红灯的乡亲爬上狮子山

一条去老江河,催老林关掉旅馆和榨坊

带上新编的家谱

顺便看看练习书法的是否摔门逃走

如果水手与妹子的粮酒还没喝完

驱散他们。如果江防无事
他们可以从秋天
一直喝到明年春水再涨
但现在,塔市驿快船送来的
就一个字:跑

水位 33+0.2

除了江河,还有什么值得水手去爱
船到中游,人过中年
哪个水手不是在靠岸之前
故意走错航线
假装不认识港口,迷茫浪荡的青年
水网细腻啊,一十八道弯,一百八十八个汊
哪条船最终不是烂在一堆土里
三十年前谁都没有在意,调弦口的暗礁
与这堆土一直就标记在航图上
还世道江河比人更热爱人
一十八道弯,一百八十八个汊
仿佛码头上百转千结的心思
但弯弯都不同
天鹅洲的江豚,黑瓦屋的岗柴
上车湾的凤眼蓝和紫云英
老江河的麻鲢
一弯一世界,一个汊就另辟人生
而上了岸,每一寸土地都名花有主

一根缆绳都可能因占道被没收
连董家洲到三江口的说话都拒绝水手听懂
这岸上只有等待落日的阴影
还有堤脚下凸起的那堆土爱你

水位 33+0.3

郑启蒙一生只做了一件事
狂风巨浪之中,把打散的木排
召回、聚拢,把一根根栋梁解到了京都
这本事恰如孙良洲放牛的老樊
从洪水中把成千鸭子的惊慌
——集合到盐船渡口
但木头没有耳朵,如何听懂了人的呼唤呢
万历八年的上车湾啊,真武镇水
钟鼓降风,海拔高不过二十七米的沼泽上
竟平添了一座祖师庙
今天,从郑启蒙的家乡郑八湾登岸
问大堤上的哨棚,问放篆子的留守妇女
祖师庙究竟在哪儿
一路的旗帜和篆子回答你
它们见识的山就是1954年1998年的大水
此地向上,几百个人的天还扣在船底
此地向下,几万人的丰收每年淹没一次
三百公里荆江就有六百里风浪

船行横澜,谁的心里没有一座仙山
哪一个押解生活的男人
不设想自己就是幸运的郑启蒙
随时能把即将翻沉的命撑住
把木排一样打散的骨头再拼接成水手
看看低头不语的金色狗尾草
一直噙着一颗水珠
山不现身,真武不来,就不抬头

水位 33+0.4

孙良洲无堤有闸,熊家洲无闸有堤

老江河有水无船

过去的船和帆早就稀烂

像尺八口的淤泥,填入大堤下的一个个荡子

骑在桅杆上对着大湖吹口哨

站在船舷对着荷花撒尿

水手,你们的风光,你们的好日子

就在林塘那一片水田里

稻浪翻滚,与当年你们的笑声一样粗俗、放荡

陶市码头拆了,多了一块标记险段的石碑

搬运工现在改行运送老江河桶装水

无论谁的船都进不了老江河

尺八口也不再通大湖

水手,今天如果还想沿尺八河

一路的荷花和白鹭,一路对荆江骂骂咧咧

那叫旧梦

看看九穴十三口,哪一个不是

一堵就死

水位 33+0.5

都是什么树呢？构树、杨树、樟树、菩提树
高过了今天的荆江大堤
从皇功古寺门口插入老江河的小路
从未见过下荆江的阳光
1998年大水之前，这条路叫老堤
三江口的水手从这里进入尺八河
故道外浪涛杀人，尺八河里风静水平
连荷花都不乱动
尖头和平头的货船带来稻谷、桐油、白茶
装卸工的嫁妆从湖南运到湖北
大堤下木板房里有神医包治百病，尤其相思
一个水手哪怕有一滴汗洒在赤剥穴
都不会仇恨下荆江的九曲八弯
但他们都不能选择赤剥穴的堵或疏
是些什么人呢？
拿捏着每一个穴口的生或死
早年的荆江大堤，大半生沉睡水里
赤剥穴打开时的咆哮、冲撞已心平气和

老堤跟前,沉默的深潭仍在等待有生之年
可以兴风作浪

水位 34+0

船近韩家垱,不要跟着大堤走
也不要顺着北泓走
前面是广兴洲与三洲之间的故道
一只船的马达
足以搅乱几百只江豚的人生
它们的焦虑、失眠、鸣叫
何王庙彻夜诵经也不能安抚
在这里,左舵十,走南泓
之前你一直走在过去的大堤上
它就在水下。荆江在此耿直敞亮
如岸边帮人放牛的樊老头
有烟有酒就行,多少头牛都不是问题
直来直去的水啊,逼得人和堤拐弯抹角
韩家垱的弯道外都是断堤
它退挽了多次,最后一次是1998年
大堤向平原的心脏顶进去
几字形弯道上面的一横,贴着韩家垱的头
退挽一次,韩姓祖坟迁一次

再退挽一次，韩家人的喘气再细一丝
现在我走过弯道处的哨棚
除了小蓬草的摇动
里面的人连呼吸都不出声